꿈공장시선

그렇게, 세상에 닿다

꿈공장+

그렇게, 세상에 닿다

2018년 9월 27일 초판 1쇄 인쇄
2018년 9월 27일 초판 1쇄 발행

지은이　　|김다정, 초월, 박채은, 최보슬, 용하, 최성철

표지　　　|이승하
인쇄　　　|예인아트

펴낸이　　|이장우
펴낸곳　　|꿈공장 플러스
출판등록　|제 406-2017-000160호
주소　　　|경기도 파주시 회동길 301 (파주출판도시)
전화　　　|010-4679-2734
팩스　　　|031-624-4527
e-mail　　|ceo@dreambooks.kr
homepage　|www.dreambooks.kr
instagram　|@dreambooks.ceo

ISBN | 979-11-89129-11-8

정 가 | 14,000원

그렇게, 세상에 닿다

김다정
그래도, 그럼에도

정답	14
맑은 눈	15
꽃잎	16
노력	17
동화(同化)	18
지하철 환승구간	19
하루의 끝자락	20
괜찮아	21
누군가의 형태	22
인연	23
이별의 연속	24
감정의 연결	25
방향키	26
숨	27
기억	28
나의 무게	29
상실	30
인사	31
꿈	32
대단한 사람	33

상대적 위로	34
바람이 있다면	35
마음에도 휴식이 필요해	36
도피	37
희망고문	38
당연하지 않다	39
본연의 색	40
이정표	41
너의 위로가 내게는 버겁다	42
푸념	43
괜찮은 사람	44
무의미	45
무제(無題)	46
날개	47
약효	48
내일의 나	49
이해	50
도화지	51
탐이 나서	52
안녕을 기도해	53

초월
낡아온 날

삶이 아위어 뼈 밖에 없을지라도 56

실패 57

회사원 A씨의 판단 58

자물쇠를 멀리하는 열쇠 59

끈끈한 겨울 실선 60

마음이 비워지지 않습니다 61

밤도 밝아서 62

양면의 마음 63

격정치는 치부 64

갈대숲 66

고치기엔 늦었었네 67

아저씨 68

태양을 먹은 밤 69

이십대 후반 70

좌절의 소실 71

사라진 이해 72

그 노래 73

비젊은이 74

감기치례 75

그리운 무렵 76

취한 고뇌 77

앉아서 78

고정관념 분쇄 79

천재 80

배반 81

욕심 82

늦잠 83

팽창하는 어둠 84

불확실 85

수면 장애 86

쉬다 87

열심히 88

빈혈 해제 89

나방 90

고난 후 91

필요한 것이자 가야할 곳 92

진출 93

장래 94

모래알의 일탈 95

박채은
처음 인생이 늘 처음인 생

첫 문장	98	여유	125
종이	99	별거 아니다	126
갈증	100	출발점	127
호의	101	볼 줄 아는 눈	128
비	102	달력	130
사는 법	104	계절의 냄새	132
일생	106	무너짐	133
소신	107	세상살이	134
걸음걸이	108	용서	136
철길	109	아픈 새벽	137
스치다	110		
정반대	111		
엉킨 목걸이	112		
태연함	114		
낡은 감정	116		
하늘	117		
소확행	118		
여행	121		
이상한 꿈	122		

최보슬
우리가 우리를 잊어 갈 무렵

시 한 줄을 쓰려고	140
파도 앞	146
너를 흔든 것이 무엇이었나	142
슬픔이 해야 할 일	148
북한산에서	150
아픈 자유	149
슬픔에게	152
이름의 탄생	154
나는 나를 달리고 있어요	156
카페에서	161
채송화	162
달빛 그늘	164
매미	166
떠도는 이별	170
낯선 땅	172
미지의 세계	173
네가 온다고 했다	174
네가 꽃 곁에 앉는다	169
마음 그곳은	177
발 밑	178
우리가 우리를 잊어 갈 무렵	179

용하
심폐소생시

출세	182	퇴근	202
노력	183	취업에서 희망까지	203
노련	184	경조사	204
현실 속 명언	185	전망대	205
혼돈의 지출은 예전 그대로	186	조각	206
가난	187	힘들 때 술 먹는 이유	207
좋은 나라	188	행복은	208
행복순이	189	용기 인생	209
상식	190	유행	210
대출	191	이방인	211
시계	192	각설이	212
젊음과 세월사이	193	시인	213
청춘	194	기대	214
나혼자 산다	195	기적	215
술술술	196	슬럼프	216
가늠	197	도구	217
엄마에게 물었어요	198	운명	218
NIKE	199	쉿! 비밀이야	219
사회생활	200	무한도전	220
직장생활	201	흙수저	221

최성철
내게만 털어놓던 나의 이야기

수평선 너머에 그대를 저으면...　224

이 밤의 자화상　225

바깥풍경　226

머문 자리　227

밤의 독백　228

아이를 그리며　229

아버지　230

면접　231

비온 뒤 맑음　232

여유 속의 기다림　233

계절의 광경　234

장마　235

5분　236

밤의 회상　237

힘든 하루의 끝에는　238

고민의 두려움　239

20대 후반　240

회상　241

책임감　242

새벽 밤중　243

작은 그 곳에 그대가 있네　244

술 한잔　245

초년생　246

청년, 그 젊은이　247

헤매이는 풍광　248

해후　249

어느 봄날　250

봄의 정취　251

무더위　252

얼굴　253

녹음　254

독백　255

적막의 시간　256

뒷모습　257

복귀　258

보통날　259

친구를 위한 시　260

긴 하루　261

부모　262

prologue

꽃이 다녀간 것이고
폭설이 다녀간 것이다

세상의 모습을 한 존재가
딱 한번
나를 다녀가는 동안

그 걸작을
사는 동안

문득 행복은 필 것이고
기어이 불행은 내릴 것이나

남겨 놓은 세월 쪽으로
남김없이 걸어가며

먼 바다를 어김없이
닿고 마는 저 강물이
되는 것이다

세상이란 큰 한 때에
나를 얹는 것이다

꽃 피고 눈 내리는
모든 모양으로
하여간
세상에 닿아보는 것이다.

그래도, 그럼에도

김다정 _

저에게 있어 삶의 의미와 목적을 찾는 것은
언제나 풀리지 않는 문제와도 같았습니다.
여전히 그 답은 찾지 못했지만
'그래도, 그럼에도' 제가 살아있다는 사실.
그 사실이 더 중요한 거라 믿습니다.

insta : @ dajung_withyou

정답

바른 답을 찾는 게
정답인 줄 알았는데

정해진 답을 찾는 게
진짜 정답이었네

바른 답은 1번인데
이름 모를, 얼굴 모를
누군가가 정한 답은 2번이니
어찌해야 할지 모르겠네

1번을 택하자니
훗날이 두렵고

2번을 택하자니
마음이 무겁다

그렇게,
세상에 닿다

맑은 눈

작은 짐승은 오늘도
제 먹이를 열심히
까고 또 까놓는다

먹이는
그의 입에 들어갈 수도 있고
아내의 입에 들어갈 수도 있고
새끼의 입에 들어갈 수도 있다

앞발을 부지런히 놀려
까놓은 먹이를 가지러
그는 한달음에
달려왔을 것이다

빈 풀 사이 어리둥절
크게 뜬 그의 맑은 눈이
참으로 안쓰럽다

꽃잎

말라 떨궈진 꽃잎
입 주변을 손끝으로 건드리니
바스락바스락
경쾌한 소리가 귀를 간지럽힌다

중독성 있는 소리에 몸 기울여
입 주변을 재차 비벼대니
바사삭바사삭
힘없이 부서져버리는 허여멀건 조각들

바스락댈 잎조차 없이 흩어진 조각을
쓸어 담으며 사과한다

가만 놔둬도 소담스레 예쁜 너를
내가 죽였구나

그렇게,
세상에 닿다

노력

알고 있어요
내가 타인보다 약한 존재라는 것을

툭하니 내던진 작은 공에도
쓰러질지 모르는 허약한 마음을 지닌 채

삶의 무게와 어둠의 깊이,
관계의 괴로움을 견뎌야 한다는 것이
너무나도 걱정스럽지만 어쩔 수 없지요
제겐 이 정도가 최선인 걸요

타인의 눈엔
노력하지 않는 게으름뱅이로 보이더라도
나는 매 순간 애쓰며 노력하고 있어요
'나'라는 존재로 살아남기 위한 노력을요

동화(同化)

같은 가면을 나눠쓰고
같은 얼굴로 친절한 척하며
은밀히 은근히 조심히
누군가 사라지는 때를 기다린다

아무리 생각해도 알 수 없는 그들은
어른이라는 이름으로 불리고
이해해보려 해도 할 수 없는 말들은
모두를 위한다는 핑계로 포장된다

'오늘도 그 속에서 잘도 버텼네'

닫히는 엘리베이터 거울 속
지쳐 보이는 여자에게도
같은 가면이 씌워져 있다

지하철 환승구간

걸으려 하지 않아도 걷게 만드는,
본연의 속도가 의미 없어지는
지하철 환승구간을 지날 때마다
자문한다

내 삶은
걷고 싶은 곳으로 가고 있는지
내 속도를 제대로 내고 있는지
혹시 휩쓸려 떠밀리고 있는 건 아닌지

하루의 끝자락

하루의 끝자락에 걸터앉아
흐려지는 오늘의 그림자를 붙잡아본다

더 이상 걸터앉을
한 줌의 자리도 없는 현실에
하릴없이 눈을 감는다

내가 나를 볼 수 없고
세상이 나를 볼 수 없는
아늑한 어둠이 위로처럼 감싸온다

그렇게,
세상에 닿다

괜찮아

어느 때에 사용되는지 알기에
어떤 마음으로 내뱉는지 알기에
나는 '괜찮아'라는 말을 잘 믿지 않는다

그 말은 대개
괜찮지 않을 때 나오는 말이니까

그래도, 그럼에도

누군가의 형태

누군가의
글은 위로가 되고
눈빛은 행복이 되고
목소리는 그리움이 된다

또 누군가의
글은 좌절이 되고
눈빛은 상처가 되고
목소리는 괴로움이 된다

나의 글과 눈빛과 목소리는
어떤 형태로 담겨 있을까

그렇게,
세상에 닿다

인연

기다릴 테니 돌아와 달라 해도
오지 않는 이가 있고
돌아올 테니 기다려 달라 하고
오지 못한 이도 있다

의지로 어찌할 수 없는 수많은 것 중
가장 큰 게 인연이라는 것을,
많은 걸 잃어본 후에야 깨달았다

이별의 연속

밤하늘의 별만큼이나 많은 게
우리네 이별일 텐데

어쩌면 인생이란
몇 번을 겪어도 익숙해지지 않는
이별의 통증과 남은 그리움을 견뎌내는
혹독한 과정이 아닐까

그렇게,
세상에 닿다

감정의 연결

나의 감정은 물결쳐 너에게 닿는다
너의 감정도 물결쳐 나에게 닿는다
각자의 마음은 사실 각자의 것이 아니다

나를 다 내보이지 않아 섭섭하다는 너에게
이것이 이유가 될 수 있을까

타인의 어둠이
독이 되어 나를 가둘 때가 있듯
나의 어둠이
독이 되어 너를 잠식시킬까
두려운 마음을 알까

방향키

흔들리는 세상에 멀미가 나는 것
괜찮다, 위험하지 않다

어지러운 세상에 현기증이 나는 것
괜찮다, 위험하지 않다

하지만
지친 마음에 삶의 방향키를 놓으려는 것
그것은 진정으로 위험하다

그렇게,
세상에 닿다

숨

나의 숨이 오가는 지금도
누군가의 숨은 새로 만들어지고
누군가의 숨은 스러져간다

나의 숨은 그대의 숨보다 크지 않다
그대의 숨도 나의 숨보다 크지 않다

스러져 사라지는 순간까지
우리는 그저
하나의 숨을 지니고 있을 뿐이다

그래도, 그럼에도

기억

기억은 누구와 결합하느냐에 따라
추억이 될 수도, 악몽이 될 수도 있는

극과 극의 결과물을 만들어내는
참으로 솔직한 단어

이미 내 손을 떠나 흘러가는
기억의 조각 사이에서

나는
추억으로 남길 원했던 이들에게
정말 추억으로 남아있을까

나의 무게

때론 하늘도 버거워
거센 눈물을 흘리고

때론 나무도 버거워
제 살 같은 꽃을 떨군다

그러니 괜찮다
하물며 자연도 그러한데
인간인 내가 나를 버거워하는 것
정말 당연하다

상실

심리의 체온을 나눈
무언가를 상실한다는 건
내 마음의 일부를
조각 내 떼어내는 일

조각내고 또 조각 내
더 이상 떼어낼 게 없을 때까지
흔들리고 무너지고 부서진 후에야
마침내 허락되는 무뎌짐

하나 서운해하지 말기를
부재의 고통이 무뎌졌다 하여
그대를 잊은 적은
맹세코 한순간도 없었으니

그렇게,
세상에 닿다

인사

곁에 두려 한 이들과의 이별에
두고두고 아파하지 않기를
오고 가는 모든 인연을 잡아두기엔
내 두 손이 너무 작으니까

너는 너의 공간에서
나는 나의 공간에서
각자의 자리를 지키다가

훗날 반갑게 웃으며
보고 싶었다고 담담히 인사할 수 있기를

그래도, 그럼에도

꿈

마음이 두드려 알려주었다
날 설레게 하는 건 이거라고

작지만 선명한 그 소리를
누르고 눌러 구석진 곳으로 미뤄둔다
그리고는 한탄한다
하고 싶은 일이 없다고

나는 정말 원하는 일이 없었던 걸까
아니면 실패할 내가 무서워
없다고 덮어버린 걸까

그렇게,
세상에 닿다

대단한 사람

꿈을 이룬 이는 대단하다
그것이 사소하다 할지라도
누군가에겐 사는 이유라 할 만큼
큰 의미를 갖고 있을 테니

꿈을 놓은 이도 대단하다
아무리 비우려 해도 들러붙는
미련한 미련을 떼어낸다는 게
결코 쉽지 않았을 테니

그러니 지금
꿈을 이루었든 놓았든
고생해온 당신,
정말 대단하다

상대적 위로

네가 더 아프다 하여
내가 덜 아픈 게 아니듯
네가 더 힘들다 하여
내가 덜 힘든 게 아닌데

그럼에도 나는
더 큰 무게를 지고 있는
너의 공감을 위로로 삼았다

어느 한구석이 뜨끔거리는,
마냥 고마워할 수만은 없는 위로

그렇게,
세상에 닿다

바람이 있다면

바람이 있다면
울음을 삼키는 날이 아닌
웃음을 건네는 날이 되길

또 바람이 있다면
이별에 익숙한 내가 아닌
만남에 반가운 내가 되길

가장 큰 바람은
버티는 날의 연속이 아닌
지내는 날의 연속이 되길

마음에도 휴식이 필요해

몸보다 먼저 반응하는 마음은
몸보다 먼저 피곤하고 지치곤 한다

피곤의 겹이 쌓이고
지침의 겹이 쌓여
누군가를 사랑할 여유조차 없을 때
마음이 한계를 드러낸다

녹록지 않은 삶을 이어가는
네가 안쓰러워 참아보려 했지만
내게도 한계가 왔다고
내게도 휴식이 필요하다고

그렇게,
세상에 닿다

도피

진짜 속이 어떤 줄도 모르고
그저 먹고 먹어 채워 넣으려는 걸 보니
또 마음이 허해졌나 보다

세상의 스위치를 끄고
그저 어둠 속에 잠만 청하는 걸 보니
또 현실에서 도망가고 싶은가 보다

그래도, 그럼에도

희망고문

어딘가
언젠가
조만간
곧

일종의 희망고문과도 같은 말
정확하지도, 명확하지도 않은 것을
믿고 실망하고 또 믿고 실망하게 만드는
잔인한 말

당연하지 않다

'꿈이 많고 반짝이는 아이'
지금의 너, 과거의 나

'반짝임을 잃고 마지못해 사는 아이'
미래의 너, 지금의 나

언제부터였을까
이런 무서운 생각이 당연해진 게

그래도, 그럼에도

본연의 색

나의 색은 다채롭다 믿었다
붉은색을 지닌 그의 앞에서는 붉은 척
푸른색을 지닌 그녀의 앞에서는 푸른 척
하얀색을 지닌 그들의 앞에서는 하얀 척

더 이상의 '척'이 되지 않을 때
비로소 깨달았다

나의 색은 다채로운 것이 아니라
뒤섞여 탁해져 버렸다는 것을

그렇게,
세상에 닿다

이정표

나의 길은 나만이 걸어갈 수 있기에
누구도 내 길을 걸어본 적이 없기에
어디에도 이정표가 세워져 있지 않다

그래서 불안하고
그래서 초조한 것이다

그대로 멈춰있다 한들
여전히 그 길은 나만이 걸을 수 있고
애타게 기다린다 한들
누구도 대신 걸어가 줄 이가 없다

그러니 지금 멈춘 그곳, 그 자리에
이정표를 세워버리자
내가 택한 곳이 시작점이 되도록

그래도, 그럼에도

너의 위로가 내게는 버겁다

내게 필요한 건
현실적인 조언이 아닌
심리적인 위로였는데

너무나도 현실적인 조언을 건네는
네가 참, 밉다

나를 위한다는 너의 말이
지금의 나에겐 버겁다는 걸
언젠가 제발 알아줬으면

푸념

얕은 푸념 몇 개에
나를 멀리할 사람이었다면
지금이 아닌 언제라도
멀어질 사람이라는 걸 안다

그럼에도
선을 긋고 다가서지 못하는 이유는

이미 얹혀있는 너의 짐에
내 푸념 몇 조각이 더해져
행여나 너의 한계점을 넘을까 봐
그래서 나를 원망하게 될까 봐

괜찮은 사람

빛나는 추억을 쌓고
아름다운 장면을 만들어도
아까울 시간에

혹여 나와의 만남을 후회하지 않을까
안절부절 불안해하기 바빴다

그대는 내 걱정을 부정하며
자신을 믿으라 했지만
내 걱정은 그대가 아닌
나로 인해 태어난 것이다

내가 괜찮은 사람이라는 확신,
그 믿음 하나가 부족해 탄생한 것이다

그렇게,
세상에 닿다

무의미

행복할 수 없고
행복하기 힘든
현실을 이어가기 위해

소용돌이 속에서
중심을 잃지 않고 버티기 위해
찾아야만 한다

내가 사는 의미
숨 쉬고 사는 의미
지금은 보이지 않지만 찾아야 한다

무의미한 내가 되고 싶지 않기에
무의미한 삶이 되고 싶지 않기에

무제 (無題)

그럴듯한 단어를 적고
그럴듯한 말로 포장하고
그럴싸하게 꾸며대니
꽤 괜찮은 내가 된다

그래도 나는 알지

나를 대신한 그 종이에 내가 없다는 걸
정말 나다운 제목 한 줄 없다는 걸
괜찮아 보이는 내가 사실 괜찮지 않다는 걸
그들은 몰라도 나는 알지

날개

제 홀로 펴기 힘든 날개를
아등바등 펴내는 이도 있고
타인의 신뢰를 거름 삼아
스스로 펴내는 이도 있다

그리고 높은 곳 어디에서는
없는 날개를 만들어주는 이도 있다
날개가 붙어있을 자리가 아님에도
금빛을 덧씌워 화려하게 만든 가짜 날개

그 뒤를 따라갈 수도 없는
진짜 날개를 가진 이들은,
대체 무엇을 위해 그리도 열심히
날개를 펴냈을까

그래도, 그럼에도

약효

시간이 주는 가장 큰 약효는
망각과 무뎌짐이라 하는데
때론 그 약효가 들지 않을 때가 있다

시간의 힘을 무력화시킬 만큼
깊은 곳에 가둬둔 흉터가 된 상처
시간의 눈을 비껴갈 만큼
깊은 곳에 새겨둔 잊지 못할 인연

기약 없는 기대이지만
그럼에도 소원한다

흉터가 된 상처도
시간의 힘이 닿아 희미해지기를
잊지 못할 인연도
시간의 눈에 띄어 추억으로 남기를

그렇게,
세상에 닿다

내일의 나

어제의 나는
그저께의 나와 다르지 않았고
오늘의 나도
어제의 나와 다르지 않다

아마 내일의 나도
오늘의 나와 다르지 않을 것이다

그럼에도
내일의 나를 기다리는 이유는,
모르고 지나쳐간 일상의 조각과
어쩌면 올지 모를 작은 반짝임을
기대하고 있기에

그래서 내일의 나는
오늘보다 좀 더 반짝일지도 모르기에

그래도, 그럼에도

이해

섣부른 이해는 오해를 낳고
애매한 이해는 상처가 되고
완벽한 이해는 있을 수 없다

거울 속 존재도
내 숨의 의미를 온전히 알지 못하는데
타인이라고 어떻게 완벽히 알 수 있을까

또한
나라고 어떻게 그들을 완벽히 알 수 있을까

그렇게,
세상에 닿다

도화지

단 한 번 그릴 수 있는 도화지
푸른 밤하늘과 다정한 달빛을
그리려 했지만

누군가가 쏟은 물감에
밤하늘은 검게 물들고
달은 빛을 감추었다

도화지를 바꿀 수도
덧칠해서 되돌릴 수도 없는 그림

비록 맘에 들지 않는다 해도,
검은 밤하늘을 배경 삼아
계속 그려갈 수밖에 없는
인생과도 같은 도화지

탐이 나서

반짝이는 것은
아름다운 것은
멀리서도 눈에 띕니다
누구라도 탐을 냅니다

그래서였을 겁니다
신이 그대들을 부른 이유는요

너무나도 반짝이고 아름다워
신도 탐이 나서 그랬을 겁니다

그렇게,
세상에 닿다

안녕을 기도해

나의 안녕을 기도해
나로 존재하기 위해
무던히 애쓰고 있다는 걸
나는 알고 있으니까

너의 안녕을 기도해
설령 네가 지구를 모두 돌아도
만날 수 없는 곳에 존재한다 해도
심리적 거리는 멀지 않을 테니까

모두의 안녕을 기도해
나를 스쳐간 인연이든
깊게 스며든 인연이든
혹은 닿지 못한 인연이든

우리는 잠시 이 별을 지나는
여행자일 뿐이니 그건 중요치 않아
그저, 모두가 안녕하길 기도해

낡아온 날

초열 _

힘들고 외로운 생각을 드러내지 않고
마냥 삭히는 버릇을 없애려 문장을 끄집어냅니다.
혼자는 맞지만 혼자가 아닌, 대화 없는 대화가 즐겁습니다.
그래서 글을 멈추지 않으려 합니다.

insta : @ seain_l

삶이 야위어 뼈 밖에 없을지라도

살고 있으니 사는 것이지
살아가고 싶지 않을지라도

귀찮아서 죽지도 못하고
막상 죽으려 해도 죽기는 싫습니다

위로를 받으면 더 엇나가는 버릇을 지닌
안타까운 스스로라서 화조차 나지 않았습니다

위로가 없으면 그대로 새벽에 곤두박질쳐
허우적허우적

햇살 몇 줌 쥐어서 눈물을 닦고
경계가 사라진 하루가 이어지니
중천으로 해가 굴러가는 소리에
새벽을 벌써 끌어안아 버리는 몹쓸 짓 하며
멈춘 걸음으로 멍해집니다

그렇게,
세상에 닿다

실패

끝의 풍요에서 성공을 떠받치는 괴물로
허탈도 주고 후회도 주며
어울리지도 않는 소망도 주니
사려가 깊은 듯도 하네

얇은 뜻이라곤 일절 없는 어머니로 모셔져
불효의 욕구를 일으키니 이거 참 가관이다

경외롭구나 애증스러운 것아

잘근 씹어 물어도
아픈 기색 없어버리면
무슨 도리가 있겠나

그저 또, 또 과정이라고
미심쩍은 의의를 전해주려
발라당 나들이와서
윤곽을 드러낼 질서의 일부여

회사원 A씨의 판단

시력이 없는 독사의 요소 흡수한 만큼
저하되는 초점으로 낙하한다

차라리 잘 된 일이지
아무렴 잘 될 일이고 말고

안 보이는 게 힘들었는데
못 보는 지경이 된 게

위장해 봤자였던 가식은
넝쿨에 묶어두고

죽음이 무섭긴
죽어 있는 삶에 살았는 걸

남는 것이 없었으니
남길 것도 없는 삶인 걸

그렇게,
세상에 닿다

자물쇠를 멀리하는 열쇠

어디든 열 수 있는 열쇠는
무엇이라도 열 수 있어서
오히려 아무것도 손대지 않았고

열리는 감촉을 가장 사랑하는 열쇠는
열리는 쪽에게 죄책감을 가지지 않으려
꺼내지지 않으려 애를 쓰니

겁쟁이인지
위선자인지

카타르시스를 추종하는
미개한 만큼 순수한 열쇠

기회란 걸 알아서 두려워하며
아는 게 많아서 두려워하며

자물쇠와 멀어지려는 열쇠

낡아온 날

끈끈한 겨울 실선

한 꺼풀 염려를 벗어 냈는데
남은 무지개가 많아
아파하는 커다란 세상
물구나무를 서네

고아로 태어난 얼음을 사랑할까
채식을 하는 거미가 될까

명상을 돕는 음계에서
기꺼이 읊조려가는
올챙이의 회전을 무덤으로 삼고

차라리 얼음이 되어야지
차라리 거미가 되어야지

살아가며 차가운 고치에
노을도 새벽도 꽁꽁 숨기리다

그렇게,
세상에 닿다

마음이 비워지지 않습니다

헛된 바람이라서 간직만 한 언어를
바다에 던져 버리고 돌아온 날은
짠내가 가득했습니다

수고스러운 다리에게 휴식을 주고자
따스한 이불에 뉘인 몸이지만
마음은 모래사장을 벗어나지 못했기에
푹 푹 꺼지고 사박거리는가 봅니다

때문일까
파도가 철렁이는 방이 되어
자꾸 덜 던진 무언가를 쓸어가려 하지만
둘둘 말아 숨기려 들기 급급하다가

내일
다시 바다에 가기로 결심합니다

낡아온 날

밤도 밝아서

과학으로 침식되던 어둠
모두 갉아 먹혀 밝아져 버리니

아아 낙원이 아니로다

커다랗던 흑막이 거둬졌으니
나체가 된 듯 부끄럽고

반딧불이는 깊은 숲으로
멀리도 물러나니

아아 낙원은 그래서 어디란 말인가

무릇 고요로 인도하는 여닫개는
세대가 거듭될수록
투명해서 아려오네

그렇게,
세상에 닿다

격정치는 치부

망상의 증세가 덧났으니
한 편으로 죽었다가 다른 세상으로 피어날까

석류가 내리 쬐는 언덕은
극락이었던가

현실로 들어서서 그토록 지옥스러워 지고
핏빛으로 온 강을 물들여
응석받이로 생장하는 낙엽은 불긋불긋

얼음으로 만든 장신구를
어른이 되어 벗으려 뒀더니
피부와 들러붙어 싸늘하다 못해 뜨겁네

주검이 되어서도 구속된 발목이
새까맣다 못해 진물이 철철 하르는구나

양면의 마음

모순이다
위로가 필요한 걸 알면서도
위로받기는 싫어하는건

그러면서도 모순을 부정하는
스스로에게 실망을 하기 일쑤다

그렇기에 애써 쓰러지는
자신을 외면하면서 낡아만 가네

무작정 배려를 거부하며
밝은 척만 일삼는다
억지로 척, 척, 척

그렇게,
세상에 닿다

아프기 싫어서 믿지 않기로 한다
누군가에게 믿음을 바친 탓에
받는 상처도 많았고
가진 만큼 방치되었기에

열지 않는 내가 되어야지
열고 닫는 마음이 아니라
닫은 상태가 익숙해져서
아무도 아프지 않도록

누구도 아파서는 안되니까
그 누구도

갈대숲

여름이 쪼개지고
그 틈에서 갈대가 무성해지는 리듬
해방을 만끽하라고 흔들린다

오리떼가 남긴 물의 흠집은
삼각으로 커져가도
날카롭지 않아서
그 길이 만큼 잔잔해지는 마음

갈대 아래 음영은
외부와 단절되어 있지만
절대와는 거리가 있어서
동그랗게 노을을 당겨서
저물기로 한다

어느 것에도 구애받지 않는
정취는 모남이 없어서
나도 잠겨져 간다

그렇게,
세상에 닿다

고치기엔 늦었었네

부푼 의지가 부담이었던건가
정녕 나머지로도 충분했던가

귓등에서 울먹이는 앳된 황혼
절벽으로 낙하하여 백로를 기다리네

억지로 부른 신뢰는
만족을 감당하려다
반비례로 종지부 찍고
바닥과 인사했구나

후사에 치른 장례식은
조촐하다 못해
비루하였기에
무릎 꿇고 비는 날만 연신이로다

남아온 날

아 저 씨

닭처럼 새벽을 자주 방문한 젊음은
내일의 몫을 남보다 더 일찍 당겼던 만큼
빨리도 낡은 괘종으로 변모되었으나

누구 보다 녹슬어도
누구 보다 깨달았으니
고물 아닌 보물 이리

재능을 소모한 덕에
이마에 이루고 있는 지층의 주름 옹밀하니
'성인'으로 모셔지네

눈썹에 서리가 낄 때 쯤에서는
가만히 있어도 존경 어리겠지

그렇게,
세상에 닿다

태양을 먹은 밤

어긋나는 건 자주토록 흉 지게 만들었지만
흉 지게 되는 건 어긋나서만은 아니었다

내가 밤이라서 뜬다던 너는
낮에게도 뜨는 달이 되는 소식에도
내버려 두었지

술잔의 밤이 되는 게 익숙하지만
술로는 충족되지 않으니
괜히 안주거리로 새벽을 뒤지고 뒤져
낮의 일부를 먹었단 건
엇갈린 밤과 달이 되어서
공명이 끝난 걸로 암시되었고

취해서 끌어온 게 태양임을 깨닫는 건
이미 몸을 타도록 내버려 두고
추태로운 몸부림만 일삼으며
갈피는 잡지 않기로 한다

낡아온 날

이십대 후반

봄인데도 영하권에 머물러서
얼음을 껴안고 산다

감기가 얻고 싶은 철부지가 되어
굳이 고생한다

거친 바람에 할퀴어져 찢어지길 바란다
머리털부터 발톱까지 곧이 곧대로 노출하여

마음 내키는 대로 만끽한다
깨져가는 겨울을 그리워하기 전에

젊으니까 가능하다고
늙은 분들이 허허 웃어버리는 동안

또 하나 먹은 나이의 무게가
심상치 않아도 아랑곳하지 않고
허허 웃으며 맨몸으로 세상에 들이 받는다

그렇게,
세상에 닿다

좌절의 소실

석양에 치여 다친 하늘은
퍼렇다 못해 검게 멍들었지

우중충해진 가슴에는
성게 같은 별이 우수수 쏟아져서
앞으로 고꾸라졌지

헛구역질이 나올 때까지 손톱으로 긁고 긁었어
따갑다기보다는 갑갑했거든

아픔으로 범벅이 되다가 드러나게 된 심장과
물끄러미 마주하니 어찌나 미안했는지

고개를 번쩍 들어서는 우러러 본 하늘
멍 자국 지운 구름 밑만 새까맣고
그토록 하얘지고 있었지

가슴의 별과 상처 그리고 손톱을 버리며

낡아온 날

사라진 이해

변명으로 일조된 핑계
진솔한 거짓으로 전락되니
상심까지 포기하기로 한다

사과를 가장 미워하는 시기는
용서의 두께가 가장 가늘었고

불꽃이 시들어 버린 횃불처럼
그을려 덩그러니 싸늘했다

발화를 흉내내고자
별 짓을 해도

이미 저울은 한쪽으로 치우쳐
어금니가 아렸다

그렇게,
세상에 닿다

그 노래

고요를 본받아 너울대다가
밤을 채우던 무엇을 포기했고

노래 한 소절이 먼저
심장을 간파해 뚫고 나가서

휑한 바람으로 쏟겨진 추억이
달 뒤로 날려가 외로워진다

불러라 노래를
불어라 바람아

마지막 가사에 눌러앉아
음표 꾸겨서 마침표 찍어줄 테니
꾸깃해도 용서해 주렴

무통증을 앓는 심장이
찌릿거릴 때도 있으니

낡아온 날

비젊은이

젊음이 무기라고 하지만
무기는 생각보다 빨리 무뎌져
쓸모없는 장비가 되었다

보호구 따위 필요 없다며 구하지 않았던 터에
상처는 많아지고 깊어지고 곪아가고 괴사한다

내일은 오지 않길 바랄 정도로
기대는 소수점에서 헤매기만 일쑤

조금 더 젊었다면, 하는 구질구질한 변명
애당초에 없던 터라

상처는 많아만 가고 깊어만 가고
곪아서 괴사하기를 반복하기만 일쑤

그렇게,
세상에 닿다

감기치레

앳된 몸살에도
완벽하게 느슨해진 건
생의 마디에
소망이 없고 나서부터 였고

사뭇 생소했기에
벽지 무늬를 분주히 좇았지만
비겁했던 냄새가 코를 찔러
쫓기듯 도망친 초점이
바들거리며 미열도 끊었지

무모하게 과거에 부딪힌 생각으로
띵해진 두통으로
밤도 새우고 낮도 새우고
아주 펑펑 새워버리기만 했지

낡아온 날

그리운 무렵

휘어버린 아침에
봉숭아 꽃도 엉성하니 휘어
아지랑이를 구연하나 싶더니
무지개 위에 올라 물들고는
활을 닮아 버리네

성큼 밤을 보낸 경치는
아름다운 어지럼증을 선사해
떫은 맛 나는 새벽을 물고
쩝쩝거리며 감상했더니
맹목적으로 사랑을 해보고 싶다고
치기 어린 결심도 하네

강박증세도 새로 생겼던
스물의 아침

취한 고뇌

나의 바탕에 내가 없는 건
땅거미의 살이 두툼해져
어슴푸레 발 질질 끄는
한 해의 반의 반을 겪을 무렵이었다

태양의 각도는 아슬아슬했고
그래서 기우뚱 거리는 몸은
스스로에 부여한 씁쓸한 위안으로
비틀거리기로 마음먹었었다

매미가 고래고래 깨우려 했지만
제법 취한 정신으로 버럭 외쳤는데

울지 마라 울지 마라
였던 것 같기도 하다

눈가가 알싸했던 것도 같기도 하다

낡아온 날

앉아서

정적이 밀려 들어오면
무리해서라도
붙들어 두고자 했던 속삭임

나지막이 풀어낸
고뇌가 지글거리니
잔망스럽기야 하겠는가

선선한 울림이 온다면
배회를 끝마칠 테다

절절했던 흑막을 거두고
열 띌 뻔한 소망을
무겁도록 끌어안으리

그렇게,
세상에 닿다

고정관념 분쇄

보통의 질량으로 이루어져 있지만
평범하지 않으려고 발버둥 쳤고
흔해 빠져 놓고는
일반적인 삶은 절대적으로 거부했다

숙명을 늪으로 치부하고 반란자가 되어
펼쳐야 할 깃발을 발견했기에

질퍽하면서도 절대적이지도 않은 세상이
비난을 비판인 척하는 세상이
탐탁치 않았기도 했기에

일반적이라고 둔갑한 폐쇄적인 잣대로
조여지던 숨통을 트고 비범해지는 건
절대적으로 무조건적으로
깨부숴야만 하거든

그러니 보통의 절망을 철저히 배제해야지

천재

만료 없을 세상의 근원을
관찰하고 핥기까지 가능하며

창조의 메아리에서
얄궂은 상상을 띄우고

틔워진 사과나무에서 미리 빼낸
붉은 결실을 왼쪽 가슴에 품고

애꿎은 경계에 의문을 재기하고
알고리즘을 성사시키려
신비로운 허탈에 도달하려 드네

만약만 추구하는 고프기만 한
비상식적이지만 상식적인
같이 늙어가는 한낱 인간

그렇게,
세상에 닿다

배반

간헐적으로 쑤시던 쾌락은
늠름하던 주춧돌을 고함치게 하고
고통으로 승화되었다

도륙된 공깃장을 보듬을 손가락은
지문이 묘연해져 묵직해도 가벼이 여겨진다

눈발이 표독스럽게 날리면
욕설이라 지칭해버리고

무뎌질 대로 무뎌진 갈고리의 끄트머리
찡그린 미간에 두툼한 그림자 드리우고
은폐의 터널을 건축하러 터덜터덜

남아온 날

욕심

우거진 휴식에 도달하여
살이 찌는 심장이 평화를 모방한다

투쟁을 내몰기 위하여
몸부림을 끝마친 태평
새초롬하게 자리 잡고

사냥한 거목을 흉내 내어
미적 기준에 맞춘 둥지를 틀기 위해
가꾸는 가지치기에 정신 없다

일사분란하게 피날레만 기다리며
덜 준비된 건 알 턱 없는
철부지 권능
빛바랜 살구이거늘

그렇게,
세상에 닿다

늦잠

야금거리던 잠꼬대
여우비의 재롱이 뉘엿해질 무렵
늘어져서는 기지개를 켰다

구름에서 번지 점프하는
질서 없는 재주
감흥 띄우지 않고 시나브로 구경했네

아무렇게나 널브러진 잡념이
듬성듬성 실루엣 비추지만
아랑곳하지 않았지

숙성된 자유낙하에
나이테의 채도가 흥건히 공명하네

낡아온 날

팽창하는 어둠

하루가 발을 헛디뎌
태양을 심하게 빨리 떨어트리는 날이면
고드름이 더 팽창하니 두려워지기 부지기수

특히 편식하게 되는 감정인데,
양수에서 머리 내민 태아의 버릇까지
아직 지워지지 않으니 늘 고되다

고픈 감정이 커져만 가서
방전된 채로 뒤집기만 되풀이 하다가
아무렇게나 굴러다니던 고민에 찔려
피가 날지라도 자업자득이겠지 라며
풀이 죽어 시들기로 결정하겠지

그렇게,
세상에 닿다

불확실

방목했던 기억이 뒤틀리고 차례가 꼬여서는
호흡만 덜렁 붙어 있는 추억이라 서글픈 걸까

실제 했는지 가물거려서
정확하게 매만지기도 애매해서
이리저리 올려다보다가 내려다보며
서성이기를 네 번, 다섯 번 늘어갈수록
느슨하지는 건 내버려둬서 인지
그리지 않았어도 이랬을지

분명한 건 없어서
좋은 떠올림도 의심되고
나쁜 떠올림도 의심하고
외면만 선택하는 건 아직 다 잊지 않아서일까

완벽이 없는 망각에서
의문만 덩그러니 곡선을 이루는구나

수면 장애

불면의 날개는 박쥐를 닮아
감정을 파장으로 삼지만
돌아오지 않는 결과에 좌절한다

남의 걱정이 어떤 대 보다
나의 근심이라서
말 못 하고 홀로 고민하는 어리석은 밤

휘몰아치다 휘몰아치다
새벽의 언저리에 도달하고

휴식이 자해한 흔적 푸르러지면
서서히 마찬가지일까 두렵기부터 한 내일을
어제의 내일에 누워서 걱정부터 한다

잠 못 드는 원흉의 근본 뭔지 알면서도
스스로에게 드러내지 않아 슬피 걱정만하는
올빼미 눈을 가진 박쥐가 되어간다

쉬다

바늘의 그림자로 얼룩진 시계를 위해
톱니바퀴를 세운다

아닌게 아니라
건전지가 닳아 너무 천천히 움직이길래

아닌게 아니라
꼭 닮은꼴로 대입되는 나 같아서

하루만 멈춰 놓자 주말이니까
매일이랑 항상 같을 필요는 없기에

아닌 건 아니라던 평소에 지쳤으니
방전을 자초에서 납작하게 있는다

겸허히 휴일에서 헤엄치기 위해

남아온 날

열심히

모둠은 양손에 빗물 두둑이 고이게 하고
가득해지면 쏟아 흘린다

안개화 된 물방울의 날개에
눈가가 촉촉해지면
한 번 더 내게서 쏟아 흘리겠다

어쩌다 눈썹에 맺히면
고개를 움직여야지

어제에게 한 회
내일에게 한 회
젓고 저어서 젖지 않으려 애쓰고

가끔 숙여서 뚝뚝 짜내어
오늘에 턱을 괴어 고독을 훑겠다

그렇게,
세상에 닿다

빈혈 해제

혈관이 공석이라 비틀거렸고
모두를 멀리 하였고
모두가 멀리 였습니다

내밀던 용기를 금단시 하여
푸짐했던 뒷 소식에도
그저 그렇게 귀딱지로 쌓여
더는 고막이 다치지 않았습니다

퉁명스러움에 희석되기 전까지는

금기는 깨지고 엿듣기 시작한 거지
탈선돼버린 맹세가 붉게 녹아 흐르고
새로운 성장통이 시작 되었습니다

작은 속삭임에도 취약해진 고막이 부른 심박동에
이따금 달리는 기분이 듭니다

나방

갈망하던 상태를 오래도록 견뎠던 곳
탈피한 허물을 오랜만에 찾아
고독했던 자리로 굳이 다시 들어갑니다

너무 커버린 탓인가
식어버린 자리는 견디지 못하고
처연히 으스러지고 맙니다

노출된 위협은 언제나 같이 여전하지만
더는 돌아갈 틈은 없으니 결국 작별했습니다

허한 마음 감당하기 힘드니
어쩔 수 없이 바람에 태워
새롭게 으스러지기 위해 날아가려 합니다

그렇게,
세상에 닿다

고난 후

실패를 하늘에 뿌려
구름 휘저어 번지도록 하였고
굴절되는 공기의 색
연청이라 마음이 놓였다

굴곡진 인생의 색도
마냥 어둡하지 않은 듯한
착각이라도 일으켜주니까

부유한 가난만이 남은
상념투성이 혹은 상처투성이였던
과거형의 산물로 변질되어
다행이로다
다행이로다

넓어서 넓혀지는 비극이
나는, 나를 희극이라며
울음을 덜 닦아보기도 한다

남아온 날

필요한 것이자 가야할 곳

꾸중 또는 말씀으로 깨달음을 도륙한다

요란만 가득 채운 수레가 억지로, 굳이,
비현실적이기만 한 미래를 비난으로 일관한다

젊은 이파리들 낙엽의 오지랖에
태풍도 맞이하기 전부터 우수수 떨어지네

구역질나도 삼켜야 하는 보약의 색
사약과 일맥상통해서 도망쳐 본들 무용지색

윗물이 맑기는 한데 염산이니
아랫물이 녹아가지 녹아가

무엇이 필요하며
어디로 가야 하냐면

위로

진출

오랫동안 빠르기 없던 평범한 바퀴
감춰둔 속력을 뿜어내며 추진한다

충돌에 대한 걱정은 뒤로 하고
위험으로 개입하여
온몸 밀착시킨다

거뭇한 겁을 밑줄 치며 항생 하고는
미련한 미련을 삭제하고자
숱한 사태를 향유하러 간다

순정을 고갈하며
순정을 갈망하게 될
숙명을 수긍하기 위해

종결되지 않는 시처럼
작별의 베테랑이 되러 간다

낡아온 날

장래

꿈 꺾인 곳에서
생을 깎지 말도록 하자

대뜸 목표를 정하는 게 아닌
느릿해도 층의 의미를 훑고

경사로에서 미끄러져 추락해
전신이 으스러져 부서져도
생장의 거름으로 거듭날테니 걱정 말자

의지는 목적성에 있지
목적지에 있는 게 아니지 않는가

문신처럼 새겨진 짙은 의미
긁어모아 차곡히 삼키자

죽음은 여전히 언제일지 모르니까

모래알의 일탈

들어오는 파도의 하얀 거품에 잠겨
하루를 씻어 내리고 싶어라

갈매기의 날갯짓에도 흔들리던 불안을
즐거움으로 씻어 내리고 싶어라

안정을 위한 불편의 톱니바퀴 멈추고
돛단배 띄워서는 저 멀리로 가고 싶어라

길 잃어도 좋으니 방황을 벗 삼아
어디든 가는 바람에 동화되고 싶어라

노래하는 돌고래를 만나거든
기쁨이 흥을 얹어 함께 즐기고 싶어라

처음 인생이 늘 처음인 생

박채은 _

밝은 것도 어두운 것도 온전히 사랑합니다.
부족한 게 투성인 삶에 만족합니다.
잊혀지는 것에 감사한 삶을 날고 있습니다.
세상 모든 이의 마음이 건강하길 소원합니다.

insta : @ chae_ni0527

첫 문장

첫 문장을
무어라 할지
고민이 참 많습니다

어떤 문장이
당신을 감쌀 수 있을지
어렵습니다

내가 아니라
당신과 나, 우리 모두의
세상살이가 어떤지
잘은 모르겠으나

살아온 것들로
살아갈 것들로
지어가려 합니다
팔천칠백육십일 살이
삼만 이천팔백오십일 살이, 그 사이

그렇게,
세상에 닿다

종이

접고, 접고 또 접어
더 이상 접을 수 없을 때가 오면
쫙 펴진 종이 한 장이었을 때보다
그렇게 단단할 수가 없는 것이
내 마음 아니고 무엇이겠는가요

접고, 접고 또 접어
더 이상 일말의 것도 남아있지 않아서,
접지 않아도 되는 때가 오면
그대를 사랑하며 말랑해진 마음 때보다
그렇게 단단하고 굳건하지 않을 수가 없습니다

갈증

목마른 삶이다
누구에게나 말이다

성공과 명예
부와 권력
행복과 기쁨
가족과 친구
사랑과 나

목마를 수밖에 없는 삶이다

그렇게,
세상에 닿다

호의

지나친 호의에 눈멀지 말 것

적당한 호의와
지나친 호의를
구분하며 받을 것

거리낌 없이
모두 받고 기뻐하기엔

세상이 녹록지 않기에

호의가 안타까운 삶을 살 것

비

비가 내렸다
나는 버스에서 내렸다
집으로 돌아와
지친 하루가 담긴 가방을 내려놓았다

또 하루는 비가 왔다
퇴근하고 집으로 돌아왔다
집으로 오는 길 스친 어떤 이에게서
네가 쓰던 향수의 냄새가 불어왔다

언제는 비가 쏟아졌다
만신창이가 된 몸이 침대에 쏟아졌다
베개에 얼룩이 되도록 눈물이 쏟아졌다

어쩐 일인지 비가 오지 않았다
퇴근길에 타던 버스가 오지 않았다
네 향이 섞인 바람이 불어오지 않았다
눈물 날 만큼의 감정의 소용돌이도 오지 않았다

그렇게,
세상에 닿다

아, 그저 비가 그친 것이었다

비였다
살면서 갖는 그리움은
어쩐지 비와 그렇게나
닮아있었다

처음 인생이 늘 처음인 생

사는 법

지금 가지고 있는
불안함과 초조함을
내비치지 말아야,

어떤 일에서든
나의 무능력함을
알리지 말아야,

소속된 곳에서
내가 자존감이 낮다는 걸
보이지 말아야,

혼자 있어도
외롭다는 걸
티 내지 말아야,

그렇게,
세상에 닿다

아프지만
아픈 것을
들키지 말아야,

싫지만
있는 그대로 싫다고
말하지 말아야,

즐겁지 않지만
즐겁다고 말해야,

그래야 이 세상에서
살아가는 게 무탈하므로

처음 인생이 늘 처음인 생

일생

내가 말이야
하며 늘어놓는
어느 노인의 이야기를
존경하는 것

후에
존경받을 이야기를
만들어 가는 것

일생을 듣는 이에서
들려주는 이가 되는 것

그렇게,
세상에 닿다

소신

소신을 갖기 힘든
세상이지

줏대를 가지고
살기에도 힘든

옳고 그름보다는
그저 정해진
규율 아닌 규율에
사는 세상에

소신을 갖지 못하는 것은
잘못이 아니다

하지만 그 속에서도
나름의 소신을 가지고 있다면
그 소신을 가질 수만 있다면
지금 이 사회가 그렇게 나쁜 세상도 아님을

107

걸음걸이

괜찮다

비틀거리는
걸음걸이라도
왔다 갔다 하는
걸음걸이라도
주저앉을 것 같은
걸음걸이라도

그래도 괜찮다

원래 걷는 건
넘어지고 다치면서
배우는 것이라고

그렇게,
세상에 닿다

철길

끝도 없는 철길을 따라
걷노라면

어디에 도착할지
언제 도착할지
알 수는 없어도

철길 옆으로 나 있는
하늘에
들에
산에
꽃에
곳곳마다 변하는 것이

이것이구나
삶이 철길을 따라 걷는 것이구나

스치다

스치는 인연에도
분명 손에 쥘
무언가는 있으니

가볍게 여기는
어리석음은
지니고 있지 않기를

세상은 스치면서
우연히 마주하게 되는 것들에
성실한 이들을
외면하지 않는 듯하니

볼 줄 아는 눈과
들을 줄 아는 귀,
불평하지 않는 인품을 지니며
세상의 것들을 스쳐 가기를

그렇게,
세상에 닿다

정반대

나와는 상반되어서
말 한마디 섞을 수조차
없을 것 같던
이와의 대화에서
세상을 보았다

내가 바라보는 세상과
또 다른 눈으로 바라본 세상은
해와 달 같았다

해와 달이 공존하는
그 찰나의 순간 같은
그와의 대화는

살아내는 삶이 아니라
살아가는 삶이어야 함을
일러주었다

엉킨 목걸이

나는 내가 잘 해낼 줄 알았다

이리저리 복잡하게
엉켜있는 목걸이를
가만히 바라보고 있으면
쉬이 매듭이 풀리는 방법을
찾을 수 있을 줄 알았다

그러나 목걸이는 생각했던 것보다
더 서로 옭아매고 있었고
아무리 천리안이라 한들
엉킨 것의 시작점을 찾을 수는 없었다

사는 것도 마찬가지였다
손 놓고 보고만 있다고
해결되는 건 없었다
나아가는 것조차도 없었다

그렇게,
세상에 닿다

내 두 손으로
이곳저곳 당기고 밀고
오래 걸리더라도
직접 꼼지락거리다가
끝에 가서는 풀어지는 게
삶이었다

태연함

틀어지기 시작한 관계에 대해
안타깝다
가지고 있던 유대관계가 끊어지고
생각지 못한 충돌에
곧이어 이별을 맞이하는 그런

하지만 반복의 연속이다
수많은 사람과의
만남과 헤어짐을
끝없이 반복해 나아간다

그런 반복 속에서도
내 옆에 있어 줄 사람이
얼마나 있을지

내가 살아온 삶과 태도에 대해
고찰하게 됨을
감사히 여기자고

그렇게,
세상에 닿다

그로 인한

된 사람이 되어보자고

그래 그래보자고,

낡은 감정

우리의 만남이
우리의 살아감이
우리의 사랑이
낡았다고 해서
감정이 낡은 것은
아니지요

세상을 살면서
모든 것이
다 낡아 버린다고 해도
마음만큼은
낡지 않는 유일한 것이죠

그저
먼지가 조금 쌓인 것
단지, 그뿐입니다

그렇게,
세상에 닿다

하늘

오늘은 하늘이 맑았습니다
아직 구름은 많았지만요,

나는 참 맑아졌고 밝아졌는데
그래도 아직 구름은 있는 것 같습니다

구름 한 점 없는 하늘이
가장 좋은 하늘인 줄 알았는데요

살다 보니 뜨겁다 못해 따가운 해를
가려주는 구름 좀 낀 하늘이 제일이더군요

내가 조금 더 크고 넓은 사람이 되면
먹구름도 흰 구름이 되던데요
상처가 추억으로요

그런 추억 하나쯤 가지고 있는
그런 하늘이려 합니다, 나는

117

소확행

쾌나 무거웠던
하루를 방 한구석에
내려두고,

미적지근한 물로
피로를 씻어내고,

물이 뚝뚝 떨어져
집안 이곳저곳
내가 지나갔어 하고
흔적을 남겨도

아랑곳하지 않고
젖은 머리에
터억
수건을 두르고,

그렇게,
세상에 닿다

가장 좋아하는
줄무늬 잠옷을
무심코 걸치고,

활짝 열어 놓은
방 안 창으로 보이는
노을에는 눈을,

냉장고에서 꺼낸
물방울 맺힌
차가운 맥주에는 입을,

그렇게 방안
작은 소파에
누운 듯 기대어 앉으면

아아
이것 아니겠습니까

개운한 몸만큼이나
눈부신 노을만큼이나
시원한 맥주만큼이나

기쁜 하루가 아니겠습니까

그렇게,
세상에 닿다

여행

어디로든 떠나야겠습니다
언제라도 떠나야겠습니다
이유 없이 훌쩍 떠나야겠어요

세상의 소리가 쌓여
가득 생긴
주머니 안의 무거운 돌들을
내려놓으러 가야겠습니다

그냥 그렇게
여행을 가야겠어요

다시 주머니에
이것저것 담으려고요

이상한 꿈

요즘 들어서는
이상한 꿈을 자주 꾼다

나무에서 호박이
자란다거나

새가 뛰어다닌다거나

내가 물 위를 걸어 다닌다거나

꿈에서 깨기 전에는
꼭 같은 말이 들렸다
이것들 모두 잊지 말라는

눈을 떴다
이상한 꿈이었다

122

그렇게,
세상에 닿다

하루 종일
일에 시달리다가
창밖의 나무를 보았다

꿈속의 노란 호박이
생각나 웃었다

피곤해진 퇴근길에
하늘을 올려다보았다

뛰어다니던 새가
생각나 웃었다

샤워를 하면서는
물 위를 걷던 내가
생각나 웃었다

이상한 꿈을 꿀 만큼의
여유는 있었다

오늘도 하루는 여전했지만
이상한 꿈을 생각하며
눈을 감는다

그렇게,
세상에 닿다

여유

구름을 보고
웃을 수 있는
여유 정도라면
꽤 잘 지내고
있는 거라고
주위 풍경을
둘러볼 수 있는
그만큼의 마음은
아직 다치지 않았다고

그래, 그렇다고

별거 아니다

길을 걷다가 넘어진 것도
타야 하는 버스를 놓친 것도
수십 번 떨어졌던 면접도
아끼던 사탕을 떨어트린 것도
모두 별거 아니다

그때는 별거였기 때문에
아프고 화나고
슬프고 속상했지만
이제는 모두
별거 아니다

우리는
그렇게 점점 별거 아닌 삶이 되어간다
그렇게 점점 어른이 되어간다

그렇게,
세상에 닿다

출발점

매 순간이 시작이고
매시간이 처음임을

살아본 생이 아니니

매일 아침 눈 뜨고
맞이하는 순간은
그날의 출발점임을

그걸로 혹여
실수가 있던 하루였다고 해도
슬픔과 아픔이 있던 하루였다고 해도
상심하지 않기를

처음 인생이 늘 처음인 생

볼 줄 아는 눈

부모님과 같은
보호자의 품 안에서
사는 동안

세상은 빛으로 가득했고
향기롭기도 했으며
곁에 두고 싶은 것들이 가득했다

누구의 손도 잡지 않고
세상에 나왔을 때도
같을 줄 알았다

하지만 혼자서 바라본 세상은
어두운 날이 더 많았고
탐욕과 배신의 악취가 나기도 했다

곁에 두고 싶은 것들보다
내가 떠나고 싶은 것들이 많았다

그렇게,
세상에 닿다

그럼에도 지금 눈앞에
여전히 밝은 부분도,
옅게나마 남아있는 향기도,
몇 안 되더라도
옆에 두고 싶은 것들이
보이고 맡아지는 건,

혼자가 되기 전에
세상을 아름답게 볼 줄 아는
눈이 되기를
가르쳐 주신 부모님 덕분이겠지

내가 느낀 부모님의
참된 가르침이었다

달력

볼펜 자국이 그득한
달력을 한 장 한 장
넘길 때면
아, 또 한 달 무사히 살아내었구나

그 한 달을 보내는 마지막 날
그동안 지내 온 앞의 달들을
다시 되넘겨보면
바쁘게 살기도, 쉬이 살기도 했더이다

벅차게 사느라
기억할 수 없는 날들이
대부분이겠지만

수십 번의 잉크에
번지고 까매진 달력은
고스란히 기억할 것 같아서

지나온 날들이 이러했으니
이제는 하루만큼, 한 달만큼 더
어른이 되어도 좋다고
말해주기도 하고

그래서 찢어내는 게 아니라
그저 뒤로 살짝 넘기는 것이
내가 할 수 있는 일이었다

살아온 날을 돌아보는 게
그렇게나 뭉클하다

계절의 냄새

봄에서 여름으로
넘어가는 냄새가
나는 때가 있고
그러다

여름에서 가을로
넘어가는 냄새는
안 날 때가 있다

하지만 어떤가
계절이 바뀌는
찰나의 순간을
느낄 때도 있는 삶이라는 것이
얼마나 멋진 일인가

그렇게,
세상에 닿다

무너짐

나는
무너져 내린다는 말이
그저 좋기만

세상의 어떤 것도
무너진 나를
건들 수 없고

혹 건든다 한들
그마저도

그렇게 무너지고
다시 일어서면
내 인생은
책 한 페이지
더 생기는 것 아닌가

세상살이

어느 날 갑자기라는 말이
무색해지는 것

한두 번이 아니라
네 번 다섯 번도 주저앉는 것

하루 한 번은 꼭
눈으로 울거나 마음으로 우는 것

겁이 나지만
그래도 멈출 수 없는 것

그렇게 끝없이 걷고 나아가다
길을 잃는 것

길을 잃고서 마주하는 것들을
사랑하는 것

그렇게,
세상에 닿다

어느 날 갑자기 나타나는

세상의 모든 것들을 사랑하는 것

처음 인생이 늘 처음인 생

용서

사는 게 미안하고
사는 게 잘못인 것 같아도
그래서 보잘것없는 것 같을지라도

어쩌면
더 형편없을 수도 있는 생을
내가 살아내어
이렇게 이만큼을
살 수 있었던 건 아닐는지

더 잘할 수 있었는데 하는 자책과
실패한 생이라고 여긴 마음의 짐을
그만 내려놓고

수고가 많다고, 고생한다고
마음 한 번 토닥여주는 그런

그렇게,
세상에 닿다

아픈 새벽

누구나
찢어진 곳 아물지 않는
아픈 새벽이 있기 마련이다

눈 떠 있는
온종일 내내
달래고 어루만져도
낫지 않는 상처를
조금씩 하나씩
기워내는 것은

눈두덩이 내려두고
발은 쉬이 가벼워져
다니는 꿈속일지니

나는 그대가
예쁘고 좋은 꿈을
꾸었으면 한다

우리가 우리를 잊어 갈 무렵

최보슬 _

당신은
당신에게 갇혀있다

당신만이 볼 수 있는
당신적인 것들

삶이 기막히게
아름다운 순간

당신의 얼굴로
축배를 들어라

몸으로는
기쁨을 가득 채워라

눈을 감고도 갈 수 있는
당신의 마음에 닿아라

insta : @ choi.boseuL

시 한 줄을 쓰려고

시 한 줄을 쓰려고
질척대는 애인도 버리고

시 한 줄을 쓰려고
도란도란 사람들로부터
고립되었다

소나무 잎보다 뾰족한
그리하여
찔러서 시 한 방울이라도
나올법한 산정을 찾아

소신 있게 울어대는
산속 매미가 되었다

그렇게,
세상에 닿다

산 등허리의 수많은
밤의 곡절을 들어주며

가까웠던 사람들의
타계 소식은 듣지 못했다

그 어마 무시한 시 한 줄을
어찌 쓰려고

너를 흔든 것이 무엇이었나

삶은 모순이어서 경이롭다

네가 따랐던 정답이라는
장군은 어느 날
여기저기 창, 검에 치여
거짓의 군중 속으로 사라지고

어느 순간의 슬픔은
물무늬 일다 잔잔해지듯이
감춰진다

수면은
물의 빼곡한 얼굴
삶의 표정은
정교하고 지루했다

그렇게,
세상에 닿다

그렇다면
순간적인 감동들은
어디에서 오는 가
그리고 이 같이
너를 흔든 것이 무엇이었나

너는 숨을 들이쉴 때
감사해야 하고
그것을 내쉴 때
감동해야 한다

매 순간 삶과 죽음에
흔들려야 한다

오늘의 환호가
내일의 비극으로
둔갑하는 동안

우리가 우리를 잊어 갈 무렵

너는 한 번쯤
거울을 볼 것이다

매일 늙어가는 새로움에
여러 차례 흔들릴 것이다

생이 끝날 때까지
어떤 기적을
너는 기다릴 테지만

삶이 알고 있는 것은
네가 삶에 있었다는 정도
바람이 꽤 많았다는 정도

그리고 곧 그것들이
너한테서 몽땅
사라질 거라는 정도

그렇게,
세상에 닿다

청춘

어떻게든 물들이려는 데에
시절을 전부 써버렸지

장미는 가만 두어도
스스로 물드는 줄 모르고

파도 앞

뭐 하고 있냐고
물을 때마다

나는 지금 파도 앞

너는 몰려오며 내
몽땅을 부수고
나가노라고
말하기도 전에

역시, 나는 파도 앞

어느 사랑은
퇴장을 위한 입장이었다고
입술을 떼기도 전에

인생은 다시
파도 앞

어제처럼
그제처럼
네게

빠져 죽고 있노라고

슬픔이 해야 할 일

어차피 슬퍼하는 일은
슬픔이 해야 할 일
그러니
슬픔이 제 일을
마칠 때까지 거기 두라

어느 아침에
기쁨도 일을 하러 오리라

그렇게,
세상에 닿다

아픈 자유

한 곳으로만 한 곳으로만
끌고 가더니
하루아침에 풀어주네

아, 이별

자유 중에는
아픈 자유가 있었네

꿈에서 생시로 나오는 맨발이
서리보자 차네

올려다본 쪽빛 하늘에선
까만 물이 뚝뚝
떨어질 것만 같네

북한산에서

북한산 오르다가
사랑을 한 줄
시로 읊어보라는
시인을 만났다

열흘 밤을 꼬박 새워도
사랑 한 줄
나는 쓰지 못했다

쩔쩔매던 날들 접어
주머니에 넣고
터덜터덜 골목을 나와
신작로를 걸었다

길 가에 누가 버린 것인지
흘린 것인지

그렇게,
세상에 닿다

십 원짜리 한 닢
떨어져 있다

한사코 나조차도
주워 쓸 생각 않는 걸 보니

내 지나간 사랑 같다는
생각이 들어
마음이 서글퍼졌다

그 사랑
구겨지지도 않는다

슬픔에게

슬픔에도 부디
질서가 있기를
이 밤, 아뢴다

먼발치
아무렇게나 두고 온
지난날의 슬픔들

밤 이슥해져
아무렇게나 찾아들거든
너는 너의 손을 흔들어라

손 흔들어 보낼
슬픔이 있다는 건

이름만 부르고

그렇게,
세상에 닿다

눈물 나는 사람을
가졌다는 것

노을은 낮을 대로 낮게
능선 너머에서 붉게 죽고

눈물의 일부는
휘이휘이
휘이 바람 타고
새벽에 든다

슬픔이다 슬픔이다

강물소리 바닷소리
모두가 짝짝이니
온갖 눈물도 다르게 오라

다만, 차례대로 오라

우리가 우리를 잊어 갈 무렵

이름의 탄생

바람이 와서
매화꽃 나무를 스칩니다
그 바람은
이름을 갖었습니다

매화꽃 바람

나뭇잎이 와서
가을 발등을 스칩니다
그 나뭇잎은
이름을 갖었습니다

쓸쓸한 낙엽

그대가 와서
스칩니다

무언가 섬광이 일더니
아슬아슬 내게 닿습니다

하여,
내게도 봄처럼 환한
이름이 생겼습니다

달빛 참, 근사한데
저 한 번만
불러 주실래요?

우리가 우리를 잊어 갈 무렵

나는 나를 달리고 있어요

태어나자마자 운 좋게
나를 손에 넣을 수 있었어요

내 전부는
내 손아귀였죠

나는 어떠한 행동도
내게 행할 수 있어요

그러다 혹,
싫증이 나면 어쩌죠?

손에 넣은 것은 때때로
지루해지거든요

물렁이는 살이 싫고

그렇게,
세상에 닿다

삐걱대는 잔뼈들이 싫고
아무거나 다 보이는
눈이 싫어진다면

나는 내게
등을 돌릴 거예요

등을 돌리면 사실, 등이
보이지 않아요

몸이 우주라는 말은
하지마세요
그런 곳은 원래 있었을 테니
신기할 수 없어요

때때로 나는
경이로 차올라요

못내, 싫다가
다시 좋아지는 방법을
내게서 찾거든요

그런 부분이 계절처럼
경이로워요

텅 빈 시간을 만나면
나를 달려야 해요
가만있는 것은 대게
지루해지거든요

나무는 꼼짝도 않지만
잎들은 바람에 달리고 있죠

내가 달리면 풍경이 따라와요
바람이 함께 뛰고
꿈도 함께 달리죠

그렇게,
세상에 닿다

바다도 나도 어차피
세상에 갇혔어요

처음 갇혀 본 새는
유난히 시끄럽죠

손에 넣어도 변하지 않아
버렸던 사내들이
카멜레온 정글 입구에
엉켜있어요

그들도 갇혔군요

언젠가 나는 나와
사라질 거예요

아니, 아직은 아니에요

우리가 우리를 잊어 갈 무렵

나는 아직

남아 있어요

여기

그렇게,
세상에 닿다

카페에서

마음을 수리하고 싶어서
사람이 아닌
시간과 앉아있었습니다

우리가 우리를 잊어 갈 무렵

채송화

올해도 꽃이 죽었다

어영부영 예뻤다면 덜
슬펐을 것이라고 말했다

어쩐지 꽃은
누구라도 주인이지만
누구도 주인 아닌 것이어서

햇살이 위부터 아래까지
다 빠지도록
소란 없이 피다가 졌다

여기 피었었던 채송화

그렇게,
세상에 닿다

사진관 집
사진들이 품고 있을 추억과
꽃이 품었을 한 달여의 생기

이 달에도 꽃을 잃었다

일렁이는 7월에도
7월이 받아들여야 하는
죽음이 있다

나는 창문을 열고
나는 여름을 열고

새빨간 자두가 건넨
새빨간 탱탱함을 물었다

그 자리가 아려왔다

달빛 그늘

저녁밥 먹고
달빛에 눕는다

별빛도 노오랗게
잘 익었다

숲 속 가득
풀벌레들의 리허설

이름 모를 흰 꽃 보고
달빛 그늘을 덮고 누워

나는 이렇게 은은해진다
이렇게까지 차오른다

아 숲이여,

그렇게,
세상에 닿다

식지 말거라

그대 오실지도 모르니

우리가 우리를 잊어 갈 무렵

매미

해가 머리를 덮는다

오전으로 틈 없이
쏟아지던 폭우 생각

이윽고
떠나온 길
살피려 하니

개미들이 기어간다
막막함도 없이

너는 어느 때
막막했고
너는 어느 때
막막하지 않았던가

그렇게,
세상에 닿다

몸은 세월을 매달고
다녔구나
결국 발을 살아온 것은 아닐까

날이 많아질수록
너는 늘어났고
네가 늘어날수록
날은 짧아졌다

돌아갈 수 없으니
돌아가지 않은 길

막막함은 통증이 아니다

별안간 내린 눈, 비를
나무처럼 바라보는 것이다

다시 저녁

바람이 빗물에 운다
살구나무 어딘가에서
매미가 마저 운다

매미는 자주 울지만
그 눈물은 보이지 않는다

너의 시는
그런 날들에 걸터앉아
그 소리 울음들을 나눠 썼다

네가 꽃 곁에 앉는다

네가 꽃 곁에 앉는다
네가 꽃 곁에 앉자
이때다 싶은 세상이
제한도 모르고
내게서 피어난다

우리는 꽃물에 살았다

우리가 우리를 잊어 갈 무렵

떠도는 이별

보리밭
어쭙잖게 떠돌던
까치 날개 걸음이 애달파
허수아비 한 그루 심겨줬다

텅 빈 저녁 떠도는
이 내 마음 애달파
당신 한 그루 심어 놨다

언젠가부터
생명이 붙어 있는 모든 건
조용히 속으로
흐느끼고 있다

외로움에 대해 말하려고
사는 것에 대해 말하려고

그렇게,
세상에 닿다

나는 얼마나 많은
숨결들을 찾아

가라앉지도 않는
이별을 했던가

우리가 우리를 잊어 갈 무렵

낯선 땅

낯선 땅
빗방울 톡, 하고 떨구니
하늘
거기 있음을 알겠다

지친 삶
툭, 하고 주저앉으니
나
여기 있음을 알았다

"저 눈부신 태양을

　보고 있자니

　눈이 멀겠어요

　왜, 잡히지 않고

　멀리 있는 것들이

　더 눈부신 거죠?

　저 넘어 세상과

　저 곳의 사랑과

　저 편의 당신이

　더욱 아름다워 보이는 이유가

　무엇인지 궁금했어요"

네가 온다고 했다

오후에는 네가 온다고 했다

테이블은 진한 커피를
이마로 엎을 것이고

고요한
라벤더 화분은
지금보다 더 고요하게
앉아 있을 것이다

오후에는 네가 온다고 했다

사랑이 한 점 부끄럼 없이
행해지도록

그렇게,
세상에 닿다

창문은 제 입술을
닫아 걸 것이다

내게 오는 사랑의 시간은
얼마나 황홀한가

사랑할 채비를 마친
가슴의 본명은
벅찬 무지개이리라

오후에는 네가 온다고 했다

짙은 꽃 중에
더 짙은 꽃이 있고

유일한 시간이
더 한 유일함으로 올 때

우리가 우리를 잊어 갈 무렵

그것은 봄처럼

잊히지 않을 것이다

오후가 네게서

걸어오고 있다

그렇게,
세상에 닿다

마음 그곳은

그러다가,
만남은 이별을 토해내고
이별은 오랜 시간 그리움을
토해낼 테죠
게워 낸 시간들이
가까스로 추슬러지고 나면
마음에도 조금씩
빈 공간들이 생겨날 테죠
아무래도 좋습니다
그곳을 메워도 좋고
그냥 두어도 좋습니다
처음부터 끝까지
마음 그곳은,
여전히 당신의 것입니다

우리가 우리를 잊어 갈 무렵

발밑

발밑이라고
소홀하게 하지 말거라

항시, 꽃은
거기서 틔운단다

우리가 우리를 잊어갈 무렵

우리가 우리였던 시간이 있었지

어떤 이유로 더 이상
우리가 아닌 것이 됐을 때
몸이 다 없어질 것같이
우리는 울었지만

결국
우리가 우리를 잊어갈 무렵

그 어쩔 수 없는 무렵은
참 더딘 꽃의
아름다운 소멸처럼

남김없이 사라져 있던
한 겨울처럼

반드시, 우리에게서

심폐소생시

이용환 _

죽으려다 글을 쓰게 됐다. 글재주가 없어도 써봤다.
재미는 있는데 필력이 늘지 않는다. 또 한 번 죽고 싶다.
죽기 전에 책 쓸 기회가 생겼다. 언제 죽을지 또 모르겠다.

insta : @yongha_space

출세

많은 새를 보며 나도 하늘을 날고팠다

제일 멋진 날개를 가진 새를 동경하며

그렇게,
세상에 닿다

노력

노력하면 불가능은 없다 생각했어

불가능해서 노력이라도 이젠 한다

심폐소생시

노련

노력은 노련함이 되는 과정
노련해야 덜 노력하고 살아

노력만 하고 살면 노안 되기 십상이고
노안되기 전에 노력해야 노나며 산다

그렇게,
세상에 닿다

현실 속 명언

그랬었지 안 되면 되게 하라
되든 안 되든 해야 된다 요샌

미인은 잠꾸러기라던데
얼굴 믿고 일 안 하나 봐

너의 외모가 무기라면
나의 감성은 필살기다

젊을때 고생은 사서도 한다던데
개고생 가득한데 파는 곳은 어디야

혼돈의 지출은 예전 그대로

혼 , 란스럽다
돈 , 을 벌기 위해 사는지 쓰기 위해 사는지

지 , 갑은 입금 없이
출 , 금만 밥 먹듯이

예 , 나 지금이나 월급은 침체기
전 , 보다 물가는 성수기 전성기

그렇게,
세상에 닿다

가난

가난이 죄라면

자수 할게요

잡아 가세요

가난이 원수 라더니

어쩐지 북한은

김정은 원수라고 하더라

좋은 나라

한국은
돈만 있음
참 살기 좋은
나라잖아

돈 벌기가 참
힘든 나라라서
그렇지

그렇게,
세상에 닿다

행복순이

행복은
성적순이
아니라고
했잖아요

나는 대체
몇 등을
했던 거죠

그 말 믿고
신경 한번
안 썼는데

설마설마
생각보다
잘했던 건
아니기를

189

심폐소생시

상식

티끌모아태산
티 안 나게 긁었는데 지출이 태산

물리학
빚은 빛보다 빠르다

외로움의 깊이
카드영수증 더하기 줄어든 통장잔고

그렇게,
세상에 닿다

대출

언제든 빌릴 수 있는반면
언제나 갚을 수 없는방면

강한 놈이 강한 게 아니라
살아남은 놈이 강하다 했거늘
빚내서 버티다 맘 강하게
안 먹으면 안 되게 생겼거든

심폐소생시

시계

그 균형감각 놀랍다

돌아 돌아도 제자리
언제나 흐트러짐 없이

그 체력 놀랍다

돌아 돌아도 내색한 번 없이
또 묵묵히 돌아 돌아

이 놀랄 것 없는 나의 인생
부질없어 돌겠다

그렇게,
세상에 닿다

젊음과 세월사이

긍정은 젊음이고
신중은 세월이야

살아온 날보다 살아갈 날이
더 많게 느껴지면 그건 젊음이고

살아온 날 곱하기 2를 했을 때
많게 느껴지면 세월에 겸손해져

심폐소생시

청춘

아프니깐 청춘이면
나도아직 청춘인가
더아파야 중년인가

아프다가 훅가겠다

그렇게,
세상에 닿다

나혼자 산다

혼자 살아
불편한 건
그럭저럭
힘들어도
버티는데

혼자 평생
살아갈까
생각하면 그게
죽을만큼 겁나

심폐소생시

술술술

술을 좋아해서 먹는 건 어릴 때나 이야기지

이젠 좋은 일 없으니깐 술이라도 먹는 거야

그렇게,
세상에 닿다

가늠

사랑의 가치는 잴 수 없는데
이미 사랑하기 전에 따질 거
다 따져서 그런 거라더라

키 얼굴 나이 직업 자산

엄마에게 물었어요

엄마! 사랑이 밥 먹여
주는 건 아니지?

이것아! 밥 얻어먹을
생각만 하니깐 시집
못 가고 그러는 거야

그럼 엄만 무슨 생각으로
아빠랑 결혼한 거야?

밥 얻어먹은 대가로
밥값 하다 살고 있는 거야

그렇게,
세상에 닿다

NIKE

어느 나라 할 것 없이

전부 나이랑 키 따지네

꿈속에서만

just do it

심폐소생시

사회생활

적당 이라는 관념을 배워야
지속 이라는 실속이 생기고

눈치라는 감각을 익혀야
장수라는 미래를 얻는다

그렇게,
세상에 닿다

직장생활

노력이 아녔나 봐
노련해야 했나 봐

직장동료 이름 뒷면
술 한잔에 동병상련
맨정신에 적자생존

청출어람 그게 웬 말
밑에서 치고 오니
먹고 살기 힘들뿐야

퇴근

퇴 , 사를 하고픈 출
근 , 맘은 이미 퇴 근

퇴 , 사 하면 삶의 무게가 천
근 , 만 근 어쩔 수 없이 또 출근

그렇게,
세상에 닿다

취업에서 희망까지

취 , 업을 시켜 주셔야
업 , 무 경력 이력 쓰죠

면 , 접 인데 왠지
접 , 대 하는 느낌

출 , 근하게 해주세요
근 , 무라도 할수있게

희 , 미하게 라도 보였다면
망 , 연자실 않았겠지! 휴!

심폐소생시

경조사

경 , 우를 따지지 말며

조 , 튼 싫든 가야 무

사 , 로이 내 몫까지 온다

그렇게,
세상에 닿다

전망대

세월의 깊이만큼
인생을 바라보는
높이는 분명
높아 졌는데

어째 높이만큼
자욱한 안개 또한
바다만큼 드넓어
진 것일까

조각

꿈은 크게 꿔라
깨져도 그 조각은 크다며
그 조각 치워 본 놈만 안다

고생이 억수로 크다

그렇게,
세상에 닿다

힘들 때 술 먹는 이유

힘들거든 죽을듯이
술을먹고 숙취안돼
죽어보면 살고프다

숙취로 인한 삶의 의지가
강렬했던 그 날을 떠올려
보세요 살만 할 겁니다

심폐소생시

행복은

맘먹기 달렸단 걸 알았다

만 원의 행복 천 원의 행복
행복을 다 합쳐도 만천 원

비쌀 줄 알았는데
생각보다 싸니깐

그렇게,
세상에 닿다

용기 인생

용기는

상처 받을 용기조차 용감해야 하고

인생은

각오가 필요하기 보다

가오가 필요하다 느껴

유행

유 , 치 한 듯 다들 비슷함을 좇아야만

행 , 복 한 듯 모두 외로움을 떨치나봐

그렇게,
세상에 닿다

이방인

이 , 드넓고

방 , 대한 곳에 나의

인 , 생 따위는 소외감만 맴돌아

이 , 지긋한 소외감을

방 , 치하지 않으려

인 , 스타를 쉼 없이 했던 건 아닌지

각설이

각
자의 삶은 저마다

설
명하기 힘든 사연이 있을 테지

이
렇게 그 숨은 이야기 뒤에
현재의 내가 있는 것처럼

그렇게,
세상에 닿다

시인

시
련이 쌓이고 쌓이니

인
생을 여백에 담아 색채
가득히 수놓고 싶어 졌어

가진 것 없이 흙으로
돌아가기엔 간직하고픔
하늘 드높아서

나는 무의미가 되더라도
지나온 잔상은 영원 속에
머물렀으면 하는 맘

그렇게 모두가 시인이
되었고 되려 했지 않았을까

기대

기 , 약 없이 하염없이
대 , 답 없이 소식없이

기 , 다림은 그렇게
대 , 책없는 무책임

투

성

이

그렇게,
세상에 닿다

기적

수많은 적 가운데 너만큼은

나의 아군이었으면 좋겠어

심폐소생시

슬럼프

아무것도 하지 않으면 찾아오지 않는 것이니
넌 목표가 있었고 도전했단 영수증 같은 거야
슬럼프란 바코드가 없다면 진품을 구분 못해

그렇게,
세상에 닿다

도구

절망은 희망의
가치를 가늠하는
신의 계산 법이다

절망에 있다는 건
신께서 날 도구로
쓰고 계시는 것이니
선택받은 것이라

심폐소생시

운명

내친 인생은 운명이 운이라 생각지만
내건 인생은 운명을 운운하지 않는다

안된다고 생각하면 운이 되지만
되리라고 생각하면 운명이 된다

그렇게,
세상에 닿다

쉿! 비밀이야

이건 너만
알고 있어 라는건
너만 모르고 있단
뜻이야

이건 너만 꼭
알고 있어!

심폐소생시

무한도전

무
모해 보이고

한
치 앞도 알 수 없다 하지만

도
약은 언제나 낮은 곳에서 시작하니깐

전
례가 없던 기적은 무모해도 해봐야 아니깐

그렇게,
세상에 닿다

흙수저

흙 , 으로 돌아갈 텐데

수 , 저 따져 뭐하나요

저 , 세상 다 금빛인데

내게만 털어놓던 나의 이야기

최성철 _

글은 저를 표현하는 하나의 방법입니다.
거짓 없는 저의 모습이 그대로 드러나기에 부끄럽기도 하고
한편으로는 저 자신을 돌아보게도 됩니다.
이 글들을 통해 저 자신 혼자만의 이야기들을
함께 나누어보고자 합니다.

insta : @ ch.jjurry

수평선 너머에 그대를 저으면...

물갈퀴 수평선을 저어
끝자락을 맞으면

그대는 홀로 피어
어여쁜 물결이 되리

그 안 속 수심
날 넘긴다하여
내가 잠겨들지 아니하리

그대는 내 안에
홀로 피는 꽃이라
내가 그대를 저으면
그대는 물결 따라 흘러가리

그렇게,
세상에 닿다

이 밤의 자화상

저 물 틈 사이
작고 하얀 그대는
나의 모습 작은 울림이여라

캄캄한 표면 속
우두커니 앉은
네 모양을 비춘다

간간히 들려오는
작은 몸짓은
헤일 수 없는
이 밤의 자화상인가...

기울이는 밤공기 속
이내 밤을 들이킨다

바깥풍경

정갈한 흰 눈 사이
바람소리 들려오고
언 땅은 바스락 바스락
발들을 받아낸다

사람들 모여
영하를 맞닥뜨리고
강물은 그 모습 좋아
그 자세로 굳어버리네

이 풍경 어디엔가
나 또한 멈춰있을 터
바깥풍경 바라보며
생각이 스치운다

그렇게,
세상에 닿다

머문 자리

비 내리는 감상 속
그 곳을 쳐다보았다

살며시 스며드는 생각에
오로지 앞서는 것은
그리움

가녀린 바람 속
작은 발길들조차
온전히 나를 부추길 뿐...

내게 기억되는
어느 작은 순간들조차
오랫동안 잊혀지지 않는
영원이고 싶다

밤의 독백

태양이 사라진 어느 밤 속
쓸쓸한 그 공기가 나를 스치우고
적막한 울렁임은 나를 받친다

기다리는 외로움이
홀로 창가를 지키고
이미 그 속은 빛깔마저 까맣다

저만치 밀려오는 물장난은
나의 고뇌 나의 무거움이라

이 밤이 느껴지는 것은
내 속에 내가 가득함이니
헤일 수 없는 별들 속에 홀로 새롭다

그렇게,
세상에 닿다

아이를 그리며

굽이치는 한아름 속
이루말해 무엇하랴

아이는 이 땅 너머
가장 낮은 곳
흔적마저 사라진 자

야속한 공기
이리도 시려
내 안을 저려오네

오가는 경사길
이젠 무척이나 버거워
갈 길 없는 심정이나
묻어 보려하네

아버지

버티던 그 시간
어느덧 과거로 흘러
이제는 외로울
모습만이 남았네

나지막한 경사 속
흰 곳 위에 멈추어
부르기엔 너무 먼
슬픈 얼굴이여

부둥켜안은 시절 속
그 철없음이 그리워
오늘에야 내 마음
불현 듯 가엾다

면접

떨림으로 기다리는
시간이 지나가고
떨리는 마음의
동요함을 내뱉는다

가장자리 위로
침묵들이 지나가고
줄지은 알맞음이
공간 속을 메워간다

오늘의 기억 위로
경적 한번 울려지고
열린 문틈 내딛으며
남은 걸음 채워간다

비 온 뒤 맑음

온종일 하늘 가리던
작은 우산 말려지고

움츠린 해바라기
가쁜 숨을 내어쉰다

긍정하는 뜀박질엔
아이웃음 묻어나고

온기를 다짐하는
따스함을 더해가네

어제의 흐림으로
오늘이 맑음이라
흐림으로 감추어온
맑음이라

그렇게,
세상에 닿다

여유 속의 기다림

가벼운 시선 속
하루가 머물러가고
흐르는 긴 물길 속
시름실어 보낸다

기쁠 마음이야
못내 아쉬움 남지만

머무르고 지체함에
돌이킬 수 없어
오늘을 미련 없이
미련으로 보내네

233

계절의 광경

어둠 캄캄한 계절 속에
나 하나가 비추이네
자신감을 비추지만
초라함이 맺히는 광경

오늘은 조금 색바랜 계절
따스함에 감추어
바래어진 텁텁한 계절

이대로 바래질 것만도 아니지만
이대로 무뎌질 것만도 아니지만
맺히는 대로 그냥 이대로

그렇게,
세상에 닿다

장마

하루를 녹여낸
아버지의 술자리가 끝나고
아버지의 하루도 끝나고

고단한 하루의 비는
어느새 온 곳을
흘려보낸다

빗소리 낯익은 어떤 이의
마음에는 설렘을 그리고
빗소리 고달픈 어떤 이의
마음에는 근심을 그리고

그린 세상 곳곳
빗소리로 적시우며
잠든 밤을 기대서며
그리어본다

5분

흑운이 자리잡고
슬픔과 공존하는 곳

고즈넉한 밝음이야
존재하지만

기약 없이 이대로
갈라서는 길

애타는 부름이야
듣는지 마는지

돌아서는 발걸음 속
이내 갈라지는 길

밤의 회상

어수룩한 밤소리에
따스함이 내려앉고
허무한 공허함을
차가움이 채워간다

벽면에 보이는 것은
짙은 어둠
눌러앉은 찬 공기 속
정처 없이 야속하다

모든 걸 기울여
숨죽이면 그만인 걸
밀려오는 밤소리에
흔들림이 담겨온다

힘든 하루의 끝에는

검은 빛깔 탁자에
오늘을 기대어 앉으면
고단한 물줄기
내 안을 타고 흐르고

기대 쉴 너를 만나면
내 안의 한숨이
내 밖의 너를 의지하네

마음껏 털지 못한
돌아가는 천장 속에
오늘 만난 너를 고뇌하고

은빛향기 내 안을
그대로 이겨내고
나의 마음 나를 들이켜
오늘을 뒤로 한다

그렇게,
세상에 닿다

고민의 두려움

마음의 뒤엉킴에
온통 적막이 두렵다

두려움이 나지막이 다가옴에
삼키기도 하고
그것이 아프기도 하다

갈 길 앞에 엎드려
수많은 망설임을 뒤섞어보지만
도무지 수 놓을 수 없는
괴로움이 홀로 두렵다

때 이른 감정일까 하여
돌아서도 보지만
그러한 소리에 그러한 불빛에
갈 길 없는 밤을 지새운다

20대 후반

밤을 풀어낸다
오늘이 마지막이 아님을
기억해내는 듯

새로운 숫자가
나를 사로잡고
새로운 마음을 붙잡는
나를 사로잡고

한걸음 내딛을 그 곳을 모르니
한걸음 내딛는 그 것이 두렵고

오고야말 시간들을 기억하며
새로움에 고개들어
작은 소리로 손짓한다

그렇게,
세상에 닿다

회상

얽히고 설키는 시간 속
그리운 한 때가 있어

때 늦은 느낌이
때 늦은 시간이라

무덤덤한 시간 속
때로는 본능이 사로잡고
무의미한 시간 속
정할 것이 남았네

내일이야 필히 오겠지만은
정리된 내일을 만드는
숙제는 또 남았네

차가운 바람 속 시간은 흐르고
밤공기에 묻은 기억을
오늘 타고 흐르네

책임감

흩날리는 것들은
묵은 것을 씻긴다

누군가의 땀방울은
오랜 것을 적신다

바닥에 놓여지는
많은 것들은
하루를 지킨다

하루의 마지막에
지켜야할 것들을
지키기 위한 기다림은
언제나 숭고하다

그렇게,
세상에 닿다

새벽 밤중

돌 위로 흐르는 가로등에
그대 닮은 잎을 뉘인다

소리 속의 적막으로
밤공기는 젖어가고

돌 하나하나 세알리는
무료함 속
한밤중과 마주앉아

그득한 흙길 위
나만의 발자욱을

그대 거닐 한밤중에
또렷하게 뉘여본다

작은 그 곳에 그대가 있네

아주 작은 조그마한
아침을 열어주며
그 곳에 나의 숨을 담았네

내겐 마음 속을 열어주는
아름다운 숨

언젠가 햇살 향해
나아가지만

조그마한 흔적
작은 숨에 깊이 담았네

이젠 그 곳 서성여
담지 못할 야속함을
알아가지만

뒤덮은 어깨 위로
그맬 보았네

술 한잔

때로는 술 취함이
오늘을 넘기고
때때로 우울함이
하루를 넘긴다

한 곳을 보는 떠다님은
내 손길을 재촉하고

억울함일까 두려움일까
모르는 용감함이
홀로 외로움을 탄다

뜻 밖의 시간에
뜻 모를 시간들이
온통 에워싸지만

오늘이 그리우랴
눈치 없는 눈길만이
홀로 하루를 넘긴다

초년생

그대들의 정다움
느낄 새도 없는 첫발자국

가야할 곳 바라보는 마음 속에
뒤가 그리워 바라보이고

어느새 아무도 모르는 맴돔으로
그곳에 있다

때로는 누군가의 말이 들리지 않듯이
나의 마음도 들리지 않는 법

어두움에 눈감으면 그것이 들리울까
작은 소리 담아 누가 들을까
큰 소리로 외쳐본다

그렇게,
세상에 닿다

청년, 그 젊은이

울퉁불퉁 둘러싸인 도심
고단한 열차는 어둠에 지치고
바깥을 스치는 것은 온통 어둠

8시 방향
한 치의 오차도 없는 쏟아짐에
똑같은 곳은 똑같은 출발을 하고

똑같이 젊은 날
채근에 끌린 발걸음은
다가선 재촉함에 잦아가고

어딘가 출발선에 오늘 선 이 느낌은
낯설은 두려움에 먹먹히 서있다

247

헤매이는 풍광

제동이 걸린 듯
제동이 필요한 듯
가는 것인지 오는 것인지
모르는 곳에서
한참을 서성였다

구름은 사방을 흩뿌려가고
조용한 소리들만 풍광에 헤매인다

어둠을 두려워해 가지를 않지만
헤매임에 밝음은 또 무슨 의미랴?

지금 서있는 곳
익숙한 가사를 되뇌이며
정처 없는 풍광 속에
하루를 헤매여본다

그렇게,
세상에 닿다

해후

답답한 마음 속
시린 슬픔 담아
저 만치 보낸다

오늘이 오기가 두려웠던 만큼
두려울 내일을 맞이한 것은
어쩔 수 없는 운명

기약 없는 마침표 앞
난 그저
한없는 무너짐으로 다가선다

그럼에도 가느다란 저 끝 위
미련으로 남는 것은
내겐 어찌할 수 없는
거대함 속 무너짐

어느 봄날

계절이 하루를 가리는
이상한 날이다

봄 내음 속 푸른 바람이
내 안을 파고들고
새싹 지저귀는 소리까지
싱그러운 하루다

머뭇머뭇 기다림에
곧장 다독여질만도 한데

봄바람에 불어오는
지친 마음이
이내 기다려지는 하루다

그렇게,
세상에 닿다

봄의 정취

메마른 나뭇가지
나를 보며 웃음짓네

가랑비 속 적셔짐을
외로이 즐기면서

마냥 바뀌는 것
두렵지만은 않아

이내도 연신
주변을 살피네

애달픈 새싹
몸서리가 서러워
이내 물망울을 떨구는
봄, 봄을 생각하네

무더위

끌고가는 수레 위
고단함을 뉘이고
뒤따르는 아이
땀방울을 닦아낸다

하루의 더위를
온몸으로 이겨내고
무거운 공기를
두 어깨로 버텨내며

나중을 기약하고
내일을 희망하는 것이
삶의 이치랴

어설픈 시간 속
남다름을 뽐내어
오늘이 지나면
내일은 더 나으리라

그렇게,
세상에 닿다

얼굴

얼마나 서성여
그리는 얼굴

매무새 가다듬어
그립게 지난다

길 한켠 시간들
나를 대신하고

오롯한 얼음 빛
나를 숨겨주네

서러운 눈발 속
길지도 않은
순간이면 좋으련만

녹음

녹음에 지저귀는 소리가
몹시도 싱그럽다

어느새 정취는
짙어져있고
계절이 기운을 더한다

새소리 가득한 이 곳이
마냥 심심하지만은 않을 터

이 푸르름이 싫지만은 않아
이 순간이 즐겁다

독백

아찔한 마음 속
한마디를 뱉어내

얽매이는 기다림은
지쳐만 가고

새싹에 들추어진
도드라진 초록빛
시간 속 외로이 독백하고

가책조차 없는 공허함
이내 홀로 속삭인다

적막의 시간

무리들 정답게 노니는데
뛰놀던 그대들은 어디에

어느덧 시간이 홀로 남아
빈자리를 채워주네

가엾은 내 곁들
알 수 없는 어딘가로

가엾은 적막만
홀로 웃음짓네

기다림 없는 기다림이
이제는 익숙함에 번져간다

그렇게,
세상에 닿다

뒷모습

누군가 나의 뒤를
보고 있다면

그 길이 내겐 앞서는 길

마음이 다해 오직 한번
그대를 부른다면 내게는
어떠한 부끄러움도 없을 터

가지런히 놓여버린 기억 속
오직 그대만 멈추어 준다면
내게는 어찌나 미쁜 일일까

살아가는 많은 시간 속 그대가
아니 그대들이 함께이기를
그 뒷모습 속 부디
나 홀로는 아니기를

복귀

떠나기 싫은 시간 속에
이제는 머무를 수 없다

은연 중 내가 가야 할 길이
남아있기에

정다운 그대들과 이별이 아쉬워
남는 것은 미련 뿐

가고 싶지 않은 길을 가고 있는
내게는 반반의 심정이 있다

하지만 시간 속에
또 다름이 되기 위해
나 스스로를 밀어내본다

보통날

뒤척이는 흙먼지 사이
울렁이던 날들도 지나가고
이젠 어느 덧 시간들마저도
지나간 하루

조용하게 자리 잡은
불편함 속에서
무언지 어색함이
기억 속에 자릴 잡는다

내게 들려오는 기억 속 소리가
나지막이 들려오고
살며시 차가운 공기에
오늘 하루가 이렇게 지난다

친구를 위한 시

아쉬움에
가야할 길이 있고

미련에
가고자 하는 길이 있고

이것이 마지막 길일지라도

그것이 마치
축복의 일인 것처럼
걸어갈 수가 있겠지

삶은 하나, 둘 시간을
헤아리고 언젠간
그 시간을 마주치겠지

그렇게,
세상에 닿다

긴 하루

고통의 하루가 끝나
나를 껴안으면
스르륵 잠듦으로
모든 것이 잊혀질까

기나긴 하루는 끝날 새가 없이
오로지 나를 재촉하고
휘청이는데

잠들 시간 두려움
결국엔 살아감이라
눈에 번진 그림자 속
또 하루가 저문다

부모

이 길이 너의 길이냐
이 길은 너무도 어둡구나
어느새 세월이 흘러
니가 갈 길은
칠흑같이 어두운 길

그 길에 서 있는 네가 염려돼
오늘도 잠을 이루지 못한다

내가 겪은 세상에 온통 역경이 가득한데
네가 겪을 세상도 온통 역경이 가득하다

마음으로 너를 보듬고
행동으로 다그치며
어느 덧 훌쩍 자라버린
나의 아들아
어느새 애비도
눈물 많은 주름이 깊어가는구나

그렇게,
세상에 닿다

말할 수 없던 사랑을
몰래 삼킨 눈물을 이제는 보일 수가 있는데
훌쩍 자란 네게 나는 짐이 될까 염려 된다

수없이 길었던 거친 손의 길과
무수히 가득했던 흰머리의 사연이
이리도 밝히는데
마지못한 오늘이 못내 미안하구나